六月の鏡

河野泰子歌集

Kawano Yasuko

六花書林

六月の鏡　＊　目次

I

見せ消ち　11
五月の贄　14
夏熱れ　20
光がつつと　24
日傘の女　27
グリーンレモン　31
夢のやうなるもの　34
神の輪　40
朗読会「太宰治 à la carte」　43
末期の水　45
異名さびしき　48

小正月　50
強制給餌　54
井戸　58

Ⅱ

四月の光　65
エッセイ　気になるひと　72
すっぺらこっぺら　75
燕の巣　76
アカペラ　79
蜂蜜レモン　81
悼岡井隆先生　83
この世の秋　87

生きる　91
あをくかがよふ　94
いつだつて今　97
しののめの空　102
西から東へ　105
太陽光パネル　108
けふの光　111
芒種水無月　112
マスク依存症　113
てのひらに享く　115
花野、みだれて　120
生きゐるゆゑ　123
ながき影曳く　126

幽寂閑雅　129

Ⅲ

ウクライナ　133
よるのふち　135
六月の鏡　138
読書療法　142
のっぺらぼう　146
けふを良しとす　149
耳は囚はる　153
長生きレシピ　156
ツバメ返し　159
又ねこんどね　161

くびすぢの疣 163
羽あるもの 167
鰯雲のそら 170
折れ線グラフのあゆみ 173
スワロフスキーの猫 177
皮膚いちまいの 180
予祝のやうに 183

あとがき 185

六月の鏡

装幀　真田幸治

I

見せ消ち

花翳にしきりついばむ鳥の尾のコバルトの空に揺らせり枝を

老いゆくは別るることといひし誰そこにもここにもたんぽぽの咲く

ひとしきり言ひ合ひすればそれでよし　昭和一桁生れよ義母は

見せ消ちの線の下からのぞきをり頑なりしきのふのわれが

気分とふはかなきものよ鏡面に柔らかくまた険しくあれば

真夜覚めしままのわが傍に猫の息やすらかにして春去かむとす

五月の贄

初めて救急車に乗る

手はしたへむけないでと言ふこゑのやけにしづかだ　ずきずきいたい

その朝

矢の刺さりし鴨のニュースをウェブでみてゐき午後には歌の集ひが

血清を打たるるまでをもやもやのスモークツリーに絡まれながら

家のこと義母のことあれこれとよぎれど脹れゆくわが手恐ろし

屋敷神さま近くの草むらだつた

草に手をかけた瞬間激痛おそひきて眦（めじり）にカラスノヱンドウ揺るる

二十センチほどの　蛇（くちなは）　くねりつつにげてゆきたり雨もよひの昼を

ぱんぱんになりし右腕アイツめの勝ちほこりしやうな感じおもひ出づ

入院時必需品レンタルシステム（洗濯付き）のありて入院つげられてをり

五階、四人部屋

稜線ゆ雲のはなれゆくをみるとなく見をり点滴の針さされつつ

そなへつけのテレビは韓国大統領文在寅（ムン・ジェイン）氏の勝利をつげて

聞きしひと皆いちやうにカタバミのはじけたやうなこゑを発せり

みぎうでは脹れひだりは管につながれて五月の贄(にへ)のごとしもわれは

こはかつただらうよ必死だつたらうもしかをさなき蝮(はみ)にありせば

すべりひゆのすべなき時間昼食のひやし中華をおたおたと食ぶ

＊

蝮に咬まれて一ヶ月経つ

ユビフライゆつくり食べよといふ詩人[*] 蛇のわらふを目は覚えをり

＊吉原幸子

夏熱れ

造り物めきしが好きだアンセリウム机上を風がころころとして

炎天の混凝土（コンクリート）にぬばたまの黒花林糖になりて蚯蚓（みみず）は

蟬のこゑに草刈る音のまじりゐてそこらぢゆうが夏熱(いき)れせり

目も鼻も手足も溶けてばうばうと野づらを金の風ふきわたる

手はなんと働きものよ　投(とう)、招(せう)、把(は)、援(ゑん)、撫(ぶ)、探(たん)、添(てん)　擬(まが)ひもあるが

物なべて重さがあるといふことの身に沁む日々よ肩の疼ける

痛みとは固有のものよ　樒の葉ぽとりと落ちぬ猛暑の昼を

竹の梢(うれ)揉まるる音か耳敏く葉月さ夜更けまだねむれない

くわうくわうと降る月光に佇めば夜のしづくを舌はよろこぶ

光がつつと

糠雨にあぢさゐ剪ればゆたゆたと打ち臥すさまのをみなにも似つ

皮を脱ぎあさにゆふべに伸びてゆく真竹よ真竹わが手に負へぬ

其処に蝮(はみ)がゐるよところゑのはしり来てぞわりわななく竹叢(たかむら)の竹

夏の傘ひろぐるやうに合歓の木は水路のおもに翳を落として

合歓一樹ゆめのうすべにかかげつつ夕つ日のなか　水が匂へり

葉茗荷の闇に手を入れずるずるとからまる蔦と引き合ふわれは

まなさきを光がつつと奔りたり地蔵寺境内鬼ゆりの咲く

半身の枯れたる枇杷の木に五つ実の生り梅雨のあめに洗はる

日傘の女

大塚美術館

池の面に砂糖菓子のやうな白、ピンク、紫もあり　光が揺れる

一年も十年だつてひとすぢに逢へばたちまちきのふのふたり

日盛りの朱夏の坂みち吹かれゆくわたしはモネの〈日傘の女〉

わが猫二十一歳

背に光るこれは白髪か息づきて降りつむ時間よいとほしけれど

ああ言へばかうかう言へばさうと言ひ合ひて白髪屋敷に灯りがともる

使ひ痛みなどと言はれて肯ひぬあちらもこちらもじんじんとして

猫を抱き寝(い)ねゐしひとの肺の腑に毛の多(さは)なりしと聞きしことあり

ひんやりと消炎シップ貼る肌のしだいに黒ずみながら文月尽

赤銅（あかがね）の重らかなるる下ろし金ぎざぎざとしてけふを過ぐしぬ

台風の余波なるつよき風の夜　折口信夫『死者の書』を読む

グリーンレモン

地図に見ると

わが生（あ）れし讃岐は犬のかぶりゐる帽子のやうだ　ちよこんとありぬ

たたなはる山越えゆけば隣国の風景ぐつとひろがる感じ

俯きてグリーンレモンを捥ぎくるる弟　亡父になんと似たるか

棕櫚竹は吹きぬけまでも伸びゐたりかつてはわが背と同じなりしが

弟の猫は片耳無きなればゆるむ眼にわれを見てをり

日常か非日常か　綯ひ交ぜになりてほらまたいきなりの雨

夢のやうなるもの

――右肩を手術

ぐつしやりと踵の骨の潰れしと同室のひとは話しくれたり

陽もこゑも間仕切りカーテン越しにしか分からずなれば墨絵のやうで

非常口より見下ろす夜の川いっぽんにほんさんぼんの橋

八階は整形外科の病棟でどこか明るし歩行器の音

真ん中にスタッフルームそのまはり病廊はしり病室ならぶ

ため息もベッドを上げ下げする音も聞こえて真夜を耳尖りゆく

こちらからあちらの方へとかかる橋、伸びてゆくなり異界の闇へ

日がけふになつてしまへば絶食で水だけ十時までかまはぬと

気がつけば夫と妹のかほのあり夢のやうなるものを見てゐし

点滴の管に尿道カテーテル、襁褓のわれは寝返りできず

山は山を必要としない。だが人は人を必要とする。（スペインの諺）

見舞ひくれし嬉しさについ昂りてそののち深く深く寝ねたり

間仕切りのカーテン越しに明くる空。雨、雨、曇り、やうやくに晴れ

生命体の神秘なんてこと言ひ交はしリハビリルームに励む二十分

空も川もダークグレーに黙しつつおのおのの色に輝く橋は

同室のひとに手術を告ぐるころ（ああもうイヤだ二度とはイヤだ）

神の輪

涙ぐむやうなる白のにほひつつ泰山木の花くだちゆく

手術後のうづく肩もて包丁に三枚下ろしにせむとし刹那

透きとほる鱗いちまいいちまいに虹たち魚の啼きゐしやうで

寝そべりし猫がびくりとかほを上ぐ天破る雷（らい）の哮（たけ）るゆふぐれ

よみがへる力くれぬかと鏡面を覗けばわれはピカソの道化（ピエロ）

口角をむりやり上げて新道のファミリーマートへ振込みにゆく

大き虹の突如行く手にあらはれて神の輪のごと潜りゆくかな

朗読会「太宰治 à la carte」

聴衆のひとりのわれはしんとしてカフェのかぼそき灯影のもとに

ふりしきる雪に重ねてうら若きをみなごの想念うるはしきこゑ

津島修治十五歳(じふご)の作は太閤のいまはに見たる夢のまた夢

萩焼の手にのりさうな花入れをあがなひきたりけふの記念に

読むと聴くといづれがいづれと言ひがたく神無月(かみなしづき)の橋をこえゆく

末期の水

胸の内にあをきあぶくのざわざわと通夜の読経のなかにすわれり

きのふゐてけふををらざるいちにんをちひさきこゑにおくるこの宵

鼻の奥をつーんとさせて口元に水をささげぬ末期の水を

掛けくれし言葉しづかによみがへりふかく礼（ゐや）する柩のひとに

これは木の香り、此岸より彼岸へとわたるたましひ　美（いつく）しいそらだ

灰青のそらにまあるい月かかりゆびさせばもの昏くてゆびは

異名さびしき

朝まだき戸口に蟷螂二匹ゐて小さき一つは凋びてゐたり

霜月の朝(あした)の窓に見てをりぬ盛りの菊をすべるひかりを

暮古月（くれこづき）、残冬（ざんとう）、除月（ぢよげつ）、果月（はてのつき）　異名さびしき十二月かな

Rの付く月に食べよとマガキ属真牡蠣ふつくり　木枯らしの窓

みみもとにささやくこゑはそらみみかとほいとほいひとよ三日月のそら

小正月

『田辺聖子の小倉百人一首』を読んで三首

今の世にかはらぬと思ひつつ冴ゆる目にまだまだ明けぬ一月のそら

歌合にやぶれて悶死せし男　溜息ひとつページを閉ぢる

歌いのち、といふ世のありてゆるゆると女房侍みの恋もするかな

銀舎利といふ言の葉のどことなくはればれとした韻きを持てり

蓮根の白きをお福分けですと戸口に立てば犬に吠えらる

骨折よりよみがへりたる義母なればシルバーカー押し初春をゆく

生(あ)れし家はいつまでも義母の寄る辺なりけふもばうばうぐる長屋門

狗尾草(ゑのころ)の野に立てばふとそびらよりころゑのせりけり　月上りゆく

生牡蠣にスダチを絞りとうろりと梅酒のグラスかかげ小正月

強制給餌

耳とほく喉も鳴らせずぼそぼそとわが猫は眠るただただ眠る

ふるへながら輸液注射にうずくまる　撫づればとがる背中が痛い

延命とおもひながらも此のままに見てゐることなどたうてい出来ぬ

シリンジに強制給餌するまひる　きみが来た日のこゑがきこえる

甘いですよ、舐めてみました。と獣医師は猫の抗生物質（液体）を言ふ

他のものを所望とばかりそつぽ向く　高カロリー食つてそんなに不味い？

好き嫌ひしてる場合か、食こそが命綱なり　鼻づら濡れて

昼下がりの猫とわたしとお互ひに窺ひながら陽だまりにをり

死にかけたなんて嘘みたいらんらんと眼光らせ夜ごとにおらぶ

井戸

鶯のわらふばかりに甲高きこゑして弥生　しめつぽい指

卓袱台をかこみ灯(ひ)のもと父母(ちちはは)に祖父母きやうだい猫もゐたりき

祖父危篤のしらせは午後の教室にひるがへりまねく先生の手が

悲しみを知るにはいまだ幼くて人集ふ家のきらきらとして

生垣のうちに井戸あり深々とのぞき込んでるあれはわたくし

仏間くらく祖（おや）のうつしゑ鈴（りん）の音にほのか浮かびておそろしきかな

ふつくりと祖母はいませりいちまいのシュミーズの裾の木綿のレエス

もうおもひだせない亡母の相貌（かほかたち）　或るとき　え、え、といふこゑや降る

生れそだつた家はもう無し　溶暗にグラジオラス咲き猫の鳴くころ

白き花あふるる五月　純白は花の滅びの色といへども

日高堯子『空目の秋』

わが窓を滅びのいろにおほひつつ咲きあふれたり椿の一樹

Ⅱ

四月の光

疫病疫病（えやみえやみ）　手洗ひにマスク外出もままならず荒るる指先、心よ

コロナなどとかはゆい名なれど凄腕の刺客よ日々に犠牲者の増ゆ

高齢者なればあやふし命さへ選別さるるとニュースに読みぬ

志村けん逝く（七十歳）俄かにもぞぞ髪立てり　むらさきのそら

目に見えぬ気味の悪さに一日を終へて節々緩ませ眠る

お遍路さんも来ない

ヴォリュームの日に異（け）に増せる地蔵寺の枝垂れ桜を我がものとして

触るるときの湿りおもひつつ花びらの舞ふそらふかく手をいるるかな

右は墓地、左は桜満開の道をたどりてコンビニまでを

何事のなきごとゆるる菜の花にすこんと空がかぶさってくる

一本(ひともと)であればあはあはしかる野の花のなだりいちめんそよぐ黄色は

目的もなくて歩くのは好きぢやない、ないのに歩くてろてろ歩く

日に幾度洗ふのだらう両の手をマクベス夫人の狂(ふ)るる心に

スペイン風邪にてエゴン・シーレの逝きたるをコロナ・パンデミックの世に思ひをり

放棄地に満開の花　人間は食ひ寝(い)ね放(ひ)りてそれだけでよし

ヒヤシンス机上に置きてキーを打つ白粉も紅も用無きなりて

ちりちりとマスクの紐に絡みつくそそけ髪なれ　四月の光

昨年の夏実家にみのりゐし檸檬ほらと弟は捥ぎてくれしに

今年は行けるだらうか

目くるめく幻想即興曲聴きをればなにゆゑ涙のこぼるるならむ

エッセイ　気になるひと

――芥川龍之介

その日は土曜日だった。夕食の支度をしていた手元が何かに遮られるようになり、と、左の眼の中に透明な半円状のぎざぎざの鎖、丁度東京オリンピックの白黒のエンブレムの左半分のようなものが、ぐるぐる耀いて揺れているのだ。透明だけれどその向こうの物がよく見えない。え、何、何と思っているうちに、その半円が左の方へくいとひっぱられ、大きな波のようになり、眼の中がうわあっとなった。嘘！変！狼狽し大騒ぎしていたが、暫くしたら落ち着いてきた。

週が明けて医者に行って症状を言うと、即座に「閃輝暗点」と言われた。わりと多い症状だし、ひどい頭痛が伴うのだという。また繰り返すとも言われた。主な原因は「ストレス」とか。薬も何も処方されずに帰った。ネットで調べているうちに芥川龍之介の『歯車』

に当たった。昔読んだかも知れないが記憶になく、まして「閃輝暗点」なんて思いもしなかった筈。

『歯車』は作者自身と思われる一人の男の行動と心理を、外界の出来事や風景と絡めながら綴っているが、流石に読ませる。

こういう一節があった。

〈と云ふのは絶えずまはつてゐる半透明の歯車だつた。僕はかう云ふ経験を前にも何度か持ち合せてゐた。歯車は次第に数を殖やし、半ば僕の視野を塞いでしまふ、が、それも長いことではない、暫くの後には消え失せる代りに今度は頭痛を感じはじめる、——それはいつも同じことだつた。（中略）僕は右側のビルディングの次第に消えてしまふのを見ながら、せつせと往来を歩いて行つた。〉

芥川のは歯車、それも数が多いが、私のは鎖状になった半円で一個きりだった。ウィキペディアでは「閃輝暗点」は〈眼球の異常ではなく、ストレスがたまり、ホッとしたときにこの症状に見舞われることが多い〉とのこと。

芥川は『或旧友へ送る手記』に、自殺者としての自分の心理を克明に書いているが、その動機として、有名な一節がある。〈少くとも僕の場合は唯ぼんやりした不安である。何

か僕の将来に対する唯ぼんやりした不安である〉。
「ぼんやりとした不安」は多分かなりの重量で芥川に迫っていたのだろう。『歯車』には、タクシーの色やレエン・コオトへの異常な拘り、また分身（Doppelgänger）が現れる記述もある。発狂し亡くなった生母、その遺伝的兆候ももしか自らに覚えるようになっていたのかも知れない。
私たちはコロナ・パンデミックの最中にいるが、百年前にはスペイン風邪というパンデミックがあり、日本でも四十万人が死んだ。芥川も罹患し、それも二度感染している。週刊朝日の記事に拠れば、最初の感染の際に、友人にあてた手紙には〈僕は今スペイン風邪で寝てゐます。うつるといけないから来ちやだめです。熱があつて咳が出てはなはだ苦しい〉と記し、末尾に〈胸中の凩咳となりにけり〉の句を添えた、とあった。

＊

歯車を見、Doppelgänger（分身）を見し龍之介　われは冬野に行きし影追ふ

すつぺらこつぺら

義母の言ふ〈すつぺらこつぺら〉*なるほどと閉会審査の答弁ききぬ

＊阿波方言…あれこれ屁理屈をいふこと

燕の巣

あさをゆふを食むものわれはつつしみておんじき、春ははるのめぐみを

朝採りの淡竹(はちく)の穂先さつとゆで山椒味噌にて　さあ召し上がれ

決意して内釜とりかへはればれと杓文字によそふ白飯（しらいひ）の香を

物をいふ家電のふえて山里のくらし愉しも応（いら）へつつわれは

ひんがしの換気孔の上（へ）に燕（つばくろ）の巣のあり　泥でつくつたボウル

電線に止まりしきりに羽づくろひ「お、いま鳴いたね」「子ツバメだらう」

アカペラ

消毒

けふもかも鍋を煮立たせ放りこむ手作りマスクと苛々気分

水無月のひかり差しきて切りひらく牛乳パックのやはらかき白

無観客の東京優駿（日本ダービー）　アカペラの「君が代」のこゑの芝にすはるる

アベノマスク（小さい）義母に届きしがシルバーカー押し歩くときも付けたがらずに

蜂蜜レモン

疫病(えやみ)禍の民なるわれはときときの流言に右顧左眄しつつ起き伏す

夜の指メニュー予約をたがへしに重湯まみれよわが炊飯器

猫のかたちの鍋敷きぶらと下げられて無聊をかこつ　誰かのやうで

開かない目が開かないと慄きし夢のはなしのこれも夢かと

炭酸にしゆわあと割ればはかなくて蜂蜜レモン起きぬけに飲む

悼岡井隆先生

さびしさの糸魚川すぎ前方に待ち受けをらむ蛇の口見ゆ　岡井隆『暮れてゆくバッハ』

黄昏の戸口に立てば鳴るスマホ岡井先生逝きしを告げ来

魚（いを）ならむ空気のうすい深海のわれは魚なり鱗を持たず

おもほえず蘇りくるこゑのありしづかにしづかにバリトンのこゑ

かならずしも近しくはなし講座(カルチャー)のはたまた結社の一人なりせば

一に短歌(うた)、二にも短歌(うた)なり短歌(みじかうた)その深奥を見据ゑながらに

たとへばサ鱗のやうによろひゐしたましひにふつと風穴あけて

かしこくも皇族方にご進講さるる身となり　ひろがる波紋

しばし目を閉ぢればあのときこのときのちひさな挿話アトランダムに

どこまでも魚影追ひゆく海人(あまうど)のやうなり帆には歌をかかげて

先生と呼ぶなといはれし結社にて師は師なり　先生と呼ぶ

この世の秋

七月十日、岡井先生逝去

今、今、今のしづく連なり或る朝を大いなる虹の橋は架かりぬ

三十年も前のこと

秋の日の教室の扉(ドア)をどきどきとひらけばひかりはまぶしく満ちて

最高なのは詩と思つてゐた

短歌なんぞと貶めしことのありながらなにゆゑその戸を叩きしならむ

「一瞬をうつす器が短歌です」　眠いまなこを見ひらく真昼

ふつとわらふかほが素敵で追つかけがゐるとかゐないとか　きららかな秋だ

九月十七日、友の夫君逝く

エンジニアの手はなにもかもを熟(こな)しつつしづかにゐまひてあなたを包む

掛け替へのなきもの身より剝がれおち不在の存在、つゆしづくして

薄紙の一枚めくれば彼の岸に魅入らるるやうに踏み込むひとは

死が少し怖い　妻との黄昏は無数の鳥のこゑの墓原　岡井隆『E／T』

あれは何のこゑなのだらう　やみ深きこの世の秋をくぐもり鳴くは

うしろ手にとびらをしめて気がつきぬ　無明三界（むみやうさんがい）、ゆめなのか此処は

生きる

亡き父の化身のやうな黒揚羽　さびしいさびしい何かさびしい

生きるとはかくも憂はしわが猫の痩せほそりたる腰に歩めり

九十歳の義母、二十二歳の猫

風の無き長月彼岸義母の言ふ「猫と私(うち)とはおんなじやなあ」

窓の向かうに影が動いた

衰へし脚で廊下を駆けゆけり　あなどるなかれ老猫の力

〈不遇、そは人を深くす〉[*]と詠みしひとほろほろほろほろほろ白サルスベリ

＊田中美智子『白峰』

生きてゐることに感謝とためらはず父は言ひたり病めるベッドに

パンデミックの世に生きをればあはれあはれ蚯蚓の鳴くこゑきこゆるやうで

あをくかがよふ

幼子のかほして二つ三つ四つと亡父は食むだらうしづくしきりに

二〇〇六年に品種登録

亡父の知らぬシャインマスカット濾過性病原体（ウイルス）のはびこる日々をこんなにも美味

笛の音のころがるやうに朝の卓　舌にのみどに目にも愛でつつ

皮のまま食せるといひて賜ひしが「シャインマスカット事始(ことはじ)め」なり

スチューベン＆アレキサンドリア、カッタクルガン＆甲斐路　それが祖父母で

をしくも岡井隆は詠みたりき〈アレキサンドリア種の曙に〉[*]と

*歌集『眼底紀行』

たわわなる果実の森のまぼろしにキッチンに洗ふ一房のぶだう

後ろ指だつてさすだらう吾が指にあをくかがよふシャインマスカット

いつだつて今

水はけふ大過なきかに見えながらときをり激しく橋脚を打つ

令和二年十二月二十日その朝に四肢をふるはせわが猫死にき

自らの腕もて一瞬眼をおほひ面（おも）伏せまるく死んでしまへり

深くふかく凍土（いてつち）うがち亡骸を　黄菊水仙むらさきセージ

二十二年九か月を生き了んぬ。いつだって今、今だけを生き来て

オムツ姿で

灯(ひ)の入らぬ廊下をよろよろ歩み来し　死の前日のゆふぐれのこと

ほほを浸しながらにわづか飲むスープ健気なるかな生きゐむ力

この椅子に猫(まろ)はも細きまなこして撫づればうつとり首預けこし

廊下、出窓、卓の下にもわが猫の気配はありて　ほらころもする

猫(まろ)のゐない日々のつつがなく過ぎゆきて餅よ煮〆よとこころ駆り立つ

くれなゐに水のおもてを落日の染めて厄災の年の終りは

首冷ゆる午後の暗がり汚れなきままに散りたり山茶花の白

しののめの空

ウィルス感染いやますばかりの列島のしののめの空　仄か明るむ

水道の蛇口捻りて若水を汲むなりこころ慎みながら

薄ら氷(ひ)のしんとやぶるる境内に人をらずして灯(ひ)の点りをり

手水場(てうづば)に水、柄杓なく拝殿に鈴なし　ピンクの消毒ボトル

しろたへのマスクに吐く息閉ぢ込めて深く礼(ゐや)せり　期する思ひに

血の繋がらぬわれらも家族（うから）　歳旦の頭（かうべ）をよせて言祝ぎにけり

半分をもて余しつつそれでもと義母はいどみぬ雑煮の餅に

畑隅に牡蠣殻あまた後の世にここも史跡と掘らむ誰かある

西から東へ

梓弓はるの朝（あした）の交差点　はればれとして手繰られてゆく

われといふ迷妄いかん右折するレーンより無理に戻らむとして

時の間にはつと覚醒　ばうばうとただばうばうとせしを打たれき

幸ひといはむか在所のひとなりて警察来(こ)むまをいくばく喋る

事故などといふは一瞬　警官に交通法令読めと諭さる

焼き菓子をひと折もちて寒の午後西から東へあやまりに行く

時明かりのガレージの中ちんまりと代車のＭＯＶＥが背を向けてゐる

太陽光パネル

花盛りの艶をおもひて銀梅花（ヴィーナスの木）植ゑたりはるのあめに濡れつつ

ほそきこゑきこえてピンクの肌のみゆ県道を豚は運ばれゆけり

ワクチン接種を待つひとの黙(もだ)きさらぎの医院に桜の活けられてゐて

音沙汰のなければ気掛かりけふかあす電話をせむとおもひ過ぎゆく

しののめの文目(あやめ)もわかぬあかときを覚めればしんと重たし息が

烟族といふやはらかきかかはりの卓に充ちゐるキリマンジャロの香は

木も草も手におへぬほど伸ぶる日のちかければこころ鍛へておかむ

早咲きの桜はどうかとのぼる坂左右（さう）に太陽光パネルを見ながら

けふの光

二〇〇号になる

歌誌「七曜」つつましやかにかろらかに人らつどひてけふの光そ

芒種水無月

二〇二一年六月五日、「岡井隆をしのぶ会」・オンライン

しとどなる芒種水無月オリーブの瓶はも昏くそこにあれども

マスク依存症

ああほとんどマスク依存症　紅白粉つけぬ日々なりなんとも怠(たる)し

自粛自粛のあけくれスマホに告げられき半月前に叔父の亡くなりしこと

蕺草（どくだみ）のしろき十字の咲きをはり石くれをはふ一匹の蟻

てのひらに享く

生きかはりまた生きかはりツユクサの野にみち神の本意（ほい）のやうなり

とうさんは蝶になつてる。ああさうね、ほら黒アゲハ。幻想ならね

犬根深（いぬねぶか）といふらしノビルの真つ白な鱗茎ほとほと手を侵しゆく

首すぢに汗とおもひて手をやれば触るる狼狽　一匹のアリ

洗濯機の唸りゆるやかにあと四分　四分間の waiting time

空の光、水の光のさんらんと橋上につと立ちどまりたり

川水に橋と夕焼映りゐて禍ひなんぞ無きがごとしよ

相次ぎて歌集たまひぬあぢはひのたがへる秋の果実のやうで

心(うら)は裏(うら)　みえないけれどみようとしてのひらに享く月のひかりを

『飛族』（村田喜代子著）

夜を尽くしまるごと読みし小説のひねもすアメーバのやうに貼りつく

おだやかに医師は言ふなり　このたびもストレスだとか　何時だってさう

不気味なる思考のごとく凌霄花（のうぜん）は電信柱をひたすらのぼる

音を消しテレビ見てゐる義母（しうとめ）の背（せな）がいひをり　つまらんつまらん

灯（ひ）をほそくねむれぬまなこにたどる文字たどるかたはらこぼれゆく文字

花野、みだれて

妹の夫が逝った

見舞ひにもゆけぬ世の憂しすぐしつつ十月、あはれ別れはきたり

辛いことばかりよ茫々晩秋のそらに半月のぼるを見をり

手をあはせ目をとぢふかくいのりたり風のなかなる地蔵菩薩に

超音波（エコー）診断にもX線（レントゲン）写真にもうつらねど胸ぬちふかく滾りゐる水

時のながれおもひのながれ止めやうもなくてひざつく花野、みだれて

何ごともなきかのやうに日はうつり家仕事する家刀自われは

目のサプリふいに怖かりそのくろき楕円の粒をながめてあれば

生きゐるゆゑ

色づけるメタセコイアを見上げほら生きてる化石、などといひつつ

義母九十一歳

キウジフとキウジフイチのそのあひに思ひみざりきふかき淵ある

くらやみに光についとよろめきてよろめきながら転ばざりけり

物苦しき夜のほとりに咳（しはぶ）くも生きゐるゆゑと亡父言ひましき

どこもかも不如意なりせば冷ゆる身をせめてと焙（はう）じし茶の香たたせて

ドアを開けるとそこに

挟まれて息たえだえなる蟷螂を陽のくさむらへ移しやれども

ああまさに終宴、　おほき日輪のおもひの丈に沈みゆく見ゆ

保湿剤並べそろへて夜な夜なをぬりこむわれよ　たぬしからずや

ながき影曳く

わがめぐりまさびしかるよ誰もだれもうなだれながらながき影曳く

はやりゐることばも意味も知らずして上枝(ほつえ)にカラスのにごり鳴くこゑ

そそけ髪よるのかがみにうつしをり黄金（くがね）のらくえふ見たるまなこに

目をとほくみればうるはし極月の星のひかりはひとすぢにくる

あるあさの玄関マットにつぶれゐし触角ながき虫のいつぴき

たかき梢（うれ）に二羽のカラスの鳴きかはすこゑききながら枯菊を焚く

きつぱりと手を切つてやらうなどおもひつつしろき錠剤こよひも服（の）みぬ

『明月記を読む』（高野公彦著）
胸中に〈死〉をいだくものを大人（おとな）とふ歌人の言の葉　さうだつたのか

幽寂閑雅

不要不急ばかりのわれのあけくれに蘆薈(アロエ)のはなは炯々と咲く

残り物なれど美味なりワンディッシュランチに早春(はる)の光差しくる

残照のなかを夫はいでゆけり鈍りし足に喝(カツ)いるる、とか

ショッピングモールにも行かずひとも来ず曇り日けふを幽寂閑雅(いうじやくかんが)

ありがたうといふ電話ありてそのころの覚束なければながくのこりぬ

Ⅲ

ウクライナ

マリウポリ・川沿ひの公園（ニュースにて）
陽をかへし煌めく波といだきあふ恋人たちのシルエットはや
幸せがしあはせさうに笑つてた世界が変はるまへの日のこと

ひとかたに侵すなどといふことが眼前にあるのだ、信じられぬが
知らぬまに馬酔木の花も汚れゐてウクライナウクライナおもふだに辛い

よるのふち

灼熱の列島弓形（ゆみなり）電線にあををこふるかに鳴く四十雀

大空をおほひつくすか夕焼のいつまで赤いウクライナのそら

指の腹にこすり殺しぬ茄子の葉のちひさなみどりのアブラムシなど

気をつけてことしは蛇が多いから　ほらちろちろと草がくすぐる

〈引決〉といふ語のあり夜のそらをとほざかりゆく一つあかりは

さみどりの『静*かな生活』読む真夜はシナプスの尾の盛んに戦ぐ

＊岡井隆短歌日記2010

成熟とはほどとほくよるのふちにゐて眼鏡レンズのくもりをぬぐふ

六月の鏡

曇天に鴉ちらしてどこもかも濡れてゐるやうわが総身も

着包みのやうなる姿をさらしつつ撒く薬液にほそき虹立つ

草といふ猛々しさにまむかへばくらくらくらむ生きの熱（いき）れに

びしよ濡れの髪をそのまま仰向きて先づは栄養補給飲料水（いのちのみづ）を飲むべし

結束を支援をと乞ふゼレンスキーTシャツの胸のかくも厚かり

濡らし紙によごれをぬぐふ六月の鏡よきつと手立てはあらう

〈齢[*]をかさねるほどに深みの増す〉なりと　こゑのことなりこゑぞいとしき

＊『こころを動かす言葉』（加賀美幸子著）

菜園に虫をころしし指先にゆで卵剝きパンを千切りて

エアコンを使ひつつ節電せよといふ鴉も火傷しさうな日々に

熱中症に注意せよ

これを機にマスク外せる気もしたがじわり不気味なＢＡ－５

モシカ死後ノケシキダラウカ　朝霧に枇杷が祠がわれが巻かれて

読書療法

桜桃のくれなゐ桃のはねずいろ白磁の皿に朝を華やぐ

わが住める〈字白髪屋敷〉その謂れしらずも夏の光あまねし

天からのしづくのやうな露草をなにがなんだか鎌柄(かまつか)といふ

夏草を分け入りここは遍路道かぜに呪文のきこえるやうな

百日紅の風にゆれゐる枝の間にいつか失くした剪定鋏

犬の伏せるかたちの山あり目翳して〈大字犬伏〉のコンビニに入る

いつの間に戻つたのだらう炎熱の街へ用とか言つてはゐたが

家族らのこゑ流れきてカセットのテープの中のあの日の光

埒もなきひと日の暮れてわがための読書療法(ビブリオセラピー)ページをひらく

のつぺらぼう

死がとなりでわらつてゐるやうな夕まぐれ帽子をふかくかぶりて歩む

十歳のわれと此の年のわたくしと〈生〉とはひとつの点でしかない

補助器具の一つ二つと増えゆきて義母はしづかに老いふかめゆく

立つ、坐る、ことさへいつか易からず冬に入りゆく石蕗のはな

未亡人といふふかしぎな呼び名ありき一人用お節を妹はとるらし

閉ざされた古井戸の中くちなはのやうなる草もうら枯れゆけり

何でもかでも個人情報ふゆの野にのつぺらぼうのわたくしが立つ

けふを良しとす

熟成とふかんばしき変異　歳晩の街につやめく味噌を選みて

西洋花梨（まるめろ）のやさしい黄いろ猫の絵のまへにおきたり　静かな夜だ

夕闇に白をともして山茶花のにぎればつめたく湿る花びら

十年をわすれゐし梅酒　甘美なるものはとろりと喉（のみど）すぎゆく

ほろ酔ひにまして酩酊などとほいこと風荒ぶ日のカルーア・ミルク

飲まうかなといへば飲め飲めといひし亡父　眼鏡のおくの眼ほそめて

インフルエンザ、コロナ、帯状疱疹と、ワクチンラッシュ　大丈夫か　私

あのひともそのひとこのひと感染しじりじり幅寄せされて　年明く

他人(ひと)はひとの我はわれのみの痛みもてそらに広ごる暁紅(モルゲンロート)

幸せはこんないろだらうか　霜ふりし畑の土の真珠の光

供へたる酒を切子の藍色のグラスにそそぎけふを良しとす

耳は囚はる

おお冬、といふ感じして白菜の捥ぎあとの葉は土に貼りつく

山近く棲みゐるなれば山姥のこゑもうなじを過ぎることあり

目覚めてもなほおぼろなるをニュース読むこゑのふかきに耳は囚はる

風の中に咲き出でたるをいふ夫のみどり濃きこゑはながれ来にけり

水仙の花にかがめば生身なるわれとおもひぬ　鋭（と）き香はみちて

マイナスの方から言ふ癖（やめなさい）予報どほりに霽る朝(あした)は

長生きレシピ

恐ろしいゆめだつたと朱らひく朝餉の卓にぶだうぱん食む

一枚の絵のなかわれと老猫のピン止めされて春、芽吹きそむ

『１０２歳、一人暮らし。』[*]をかたはらに瀬戸内いりこの長生きレシピ

*石井哲代・中国新聞社著（文藝春秋）

ストレスか加齢かはたその両方かぴりぴり疼く三月の舌

やんはりとあなたの話を押しもどしふろふき蕪に箸を入れたり

「アミノ酸等には注意よ」といふ友のこゑよみがへりくる漬物売り場

ツバメ返し

楠の大樹をまいて山藤のどうとなだれてけぶるむらさき

ぜんぶ私です（露草）
蛍草（ほたるぐさ）青花（あをばな）月草（つきくさ）帽子花（ぼうしばな）　あしたの野べに青滴らす

シップ貼るゆびの吐息のふかぶかとけふいちにちが無事なればいい

〈かたちばかり〉っていふときの〈かたち〉って？　両の手丸くあはせてみたり

ほろほろと義母は陽のなか歩みゆくツバメ返しに燕が翔んで

又ねこんどね

カーテンが微かにゆれて朝の窓テレビのころは夏至を告げをり

硝子窓のむかうの雨だ　爆撃の街もTシャツ姿のゼレンスキーも

１００％リンゴジュースの清(すが)やかに免許更新ともかく成りぬ

母の忌と祖母の忌の日の水無月にわが生(あ)れし日はひっそり過ぎる

さよならと言へばやめてよ淋しいよ又ねこんどねとスマホが切れる

くびすぢの疣

東雲(しののめ)のあかるむを肌はとらへつつ小暑長月このまま眠れ

留守番の義母に飲んでと蓋ゆるめいでゆくしろき陽射しのなかへ

ももいろの小蛇がくねるかんじしてゴメン捩花なんだか苦手

とりあへずポカリを飲まうこんな日はキーに触れたるゆびも火照りて

草深く埋もれあぢさゐにゆきつけぬ紫も青もそこにあるのに

合歓咲けば水の匂ひのただよひて過(よぎ)るとき呼ばるるやうで　陽炎

守宮はも鳴くといふ歌を読みし日の九州にかかる線状降水帯

停戦はいつになるやら七月の私(ウクライナ)はくびすぢの疣が気になる

のど越しをふつと匂へり阿波晩茶すこうし回帰してゆくこころに

羽あるもの

いのち丸ごと伐つてしまひぬ鳥たちのこゑひびきゐし葉叢のそよぎも

貼り替へし障子をふいに翳らせて羽あるものは過(よぎ)りゆきたり

もしもってことなんか無い静脈の浮きいでし手にオイル塗りつつ

〈星の夜のふかきあはれ〉[*]よ夜半覚めしまなこにとほく瞬きやまず

＊建礼門院右京大夫

急降下しゆく戦慄(わなな)き（ダイヂヤウブ）つばさ風切るわたしは鳥だ

明日はまた猛暑だといふしぼれるだけしぼつたやうにカラスが啼いて

鱗雲のそら

「読影中」のプレート見つつ椅子に待つ年にいちどの乳房撮影（マンモグラフィー）

眼のなかにアラレ散るなり乳房をきりきりきりと締め上げられて

わがもとに生れ得ざりし子や孫の顔(かん)ばせはこゑはとおもふことあり

雨露凌ぐくらしでよろしといひながら一時停電にさへも狼狽

もうゐない猫の写真をかたはらにキーボード打つ　鱗雲のそら

朝つゆに麗糸うつくしきカラスウリしづかに木はも巻き締めながら

折れ線グラフのあゆみ

だれもゐないこゝろもきこえぬまひるまの胸にちりちり点るものはや

紫陽花のいまごろ咲きしに蜻蛉きてともに彼岸のひかりのなかに

異常異常といひつつそれが常ならめ簞笥にコートと半袖ならぶ

十二尾のボウゼいただき立ちつくす四年ぶりなる祭りがちかい

ああ、それでいいんぢやないと言ひながら今夜のレシピとか考へてゐる

今のいま、話してたこゑがのこる耳　日除けシェードを風ぬけてゆく

ずいぶんと淩ぎやすくなりました　誰にいふでもなくこゑにいふ

ウクライナが世界の食糧庫といふを戦争にて知る　シルッテカナシイ

たうとつに白鷺一羽こゑをあぐ喉灼かれしやうなるこゑに

土手の傾り、墓処、畦道、水の無き川の底にも咲く曼珠沙華

九十三歳めでたく（さうね）むかへたり義母は折れ線グラフのあゆみに

スワロフスキーの猫

草刈りの済みし畑地に雉子一家八羽そろひてゆるりと歩む

うれしげに国鳥だよといふ夫の眼鏡にひとすぢ雲はながれて

天鵞絨のクッションいつか色褪せて毳立ちながら翔ぶ二羽の鳥

かたはらにおく幻の椅子一つあくがれて待つ夜もなし今は　大西民子『まぼろしの椅子』

不在の椅子うたひし民子わたくしはフォルムとしての其をうたひたし

ミニチュアの黄色い椅子に座らせるスワロフスキーのかがやく猫を

わが視野に嫣然としてせまりくる眉山はマハの裸体のやうで

皮膚いちまいの

神無月（死ぬってこはい、でもないか）コンビニまでは歩いていかう

シルバーカーに倚りて日なかへ出でゆける義母の背中よ　菊花開（きくのはなひらく）

十月のをはりといふに汗ばみてとくんとくんとコキアが揃ふ

ひらと来てひらと去（い）にけりこゑだけがセージの花に揺れのこりゐて

愚かなる（戦争）げに愚かなる所業なれど皮膚いちまいの彼我（ひが）にぞあらめ

中空にかかる月あり手の平に掬(むす)べる水のやうにも　淡し

波照間島の黒糖くちにふくみつつ代執行のニュース見てゐる

不確かなけふだとしてもしののめの明るみくれば眦(まなじり)を上ぐ

予祝のやうに

蜜入りも蜜無しもあれど冬のテーブルに予祝のやうにかがやく果実

あとがき

　或るときふと空に目をやる。ひろがる曇天。見るともなく見ていると、このときのこの瞬間が、またあのときのあの瞬間でもあるような、さらにはこれからくるだろうその瞬間でもあるような、何か言うにいわれぬような不思議な感覚に囚われる。瞬間でありながら永遠につづくようにも。理屈で言えば瞬間のつながりが永遠でもあるのだろうが、今という観点からみれば、今はどこまでも今でしかないのだし、いつだって今、なのだ。
『六月の鏡』は『白髪屋敷の雨』につづく私の第四歌集です。二〇一八（平成三十）年から二〇二四（令和六）年にかけて歌誌「未来」「七曜」に発表しましたなかから三百九十首＋エッセイ一篇を、構成上前後しているものも多少ありますが、ほぼ編年順

におさめました。

　この間は社会的にも私的にも息苦しいとでもいうような日々でした。世界規模での自然災害に、思いもしなかったコロナ・パンデミック、人間の愚かさをこれでもかと見せつける戦争。それらは地方の、それも郡部に住まいする私にも、直接ではないとしても、心身になにほどかの影響を与えたでしょう。そしてまた身巡りの大切な人が病み、亡くなっていきました。死はだれしもが諾わなければならないものでしょうが、でも、それがそのときでなければならないとだれが思えるのでしょう。とりわけ短歌を始めたときから教えをいただいてきた岡井隆先生のご逝去は、心棒がふいに外されたような遣りようのない心細さにかられました。でも、歌をつづけることこそ、先生の教えに従うことになるのではとの思いに至りました。そして第四歌集を上梓しようと思い立ったのです。

　歌集名を『六月の鏡』と致しました。集中の「濡らし紙によごれをぬぐふ六月の鏡よきつと手立てはあらう」の一首からとりましたが、六月は思いの深い月なのです。

母、祖母、叔母が亡くなった月でありながら、私の生まれた月でもあるのです。「未来」「七曜」の先輩、仲間の皆さま、歌会や学習会の方々、事情があり歌をやめた友、歌とは関係なく親しくしてくださってる友人や仲間、親族・姻族の方々、そして家族、皆さまに支えられて今日まで歩んできました。

この度は、合同歌集『間奏曲』を作ってくださった六花書林の宇田川寛之様、装幀の真田幸治様にお世話になり、細やかなご配慮をいただきました。記してお礼を申し上げます。

二〇二四年四月二十四日

河野泰子

著者略歴

香川県高松市生まれ
10歳頃より詩を作りはじめ、後に詩人右原厖に師事
1991年 「岡井隆の現代短歌案内」（朝日カルチャーセンター）を受講、短歌を作り始める
2000年　未来短歌会入会
2001年度「未来評論賞」受賞
2007年度「未来年間賞」受賞
2009年　徳島の短歌結社「七曜」入会

詩集『花雨』、歌集『プリマヴェーラ』、『春の扉』、『白髪屋敷の雨』
合同歌集『間奏曲』
NHK学園短歌講師、現代歌人協会会員

〒779-0111
徳島県板野郡板野町那東字白髪屋敷15

六月の鏡

2024年6月19日 初版発行

著　者――河 野 泰 子

発行者――宇田川寛之

発行所――六花書林
〒170-0005
東京都豊島区南大塚3-24-10 マリノホームズ1A
電 話 03-5949-6307
FAX 03-6912-7595

発売――開発社
〒103-0023
東京都中央区日本橋本町1-4-9 フォーラム日本橋8階
電 話 03-5205-0211
FAX 03-5205-2516

印刷――相良整版印刷

製本――仲佐製本

定価はカバーに表示してあります
ISBN978-4-910181-69-1 C0092

JN118814